鬥嘴一班 ⑮
理財實習生

卓瑩 著

新雅文化事業有限公司
www.sunya.com.hk

目錄

人物介紹

文樂心
（小辮子）

開朗熱情，
好奇心強，
但有點粗心
大意，經常
烏龍百出。

高立民

班裏的高材生，
為人熱心、孝
順，身高是他
的致命傷。

江小柔

文靜溫柔，善解人意，
非常擅長繪畫。

胡直

籃球隊隊員，
運動健將，只
是學習成績總
是不太好。

黃子祺

為人多嘴，愛搞
怪，是讓人又愛
又恨的搗蛋鬼。

周志明

個性機靈，觀察力
強，但為人調皮，
容易闖禍。

吳慧珠（珠珠）

個性豁達單純，是
班裏的開心果，吃
是她最愛的事。

謝海詩（海獅）

聰明伶俐，愛表現自己，
是個好勝心強的小女皇。

第一章 魔術大師

這天午飯後，吳慧珠一蹦一跳地走向後排座位，想找謝海詩聊天。當她經過黃子祺的座位時，卻發現桌上有一包已開封的巧克力餅乾，不由得饞嘴地舔一舔嘴角說：「哇，這餅乾看起來很美味喔！」

「哦，豬豬，你偷吃我的餅乾！」黃子祺不知從哪兒冒了出來。

吳慧珠嚇了一跳，馬上急退一大步：「我哪有？我只是看看而已嘛！」

「你還想狡辯？」黃子祺拿着一塊餅乾在她眼前揚了揚，「你看，分明已經咬了一口！」

吳慧珠見餅乾果然缺了一角，不禁詫異得瞪大眼睛，一臉無辜地說：「怎麼會這樣？我沒碰過你的餅乾啊！」

怎麼會這樣？
我沒碰過你的
餅乾啊！

正當她感到百口莫辯的時候，黃子祺忽然指頭一動，那塊餅乾竟瞬間變回

完整無缺。

　　黃子祺「哇咔咔」的捧腹大笑：「我跟你開玩笑的，這只是魔術道具而已！」

　　吳慧珠頓時哭笑不得，卻又無可奈何，只好低聲罵道：「黃子祺，你真無聊！」

　　「拜託你別這麼幼稚好嗎？」謝海詩瞪了他一眼。

黃子祺嘴角往上一揚，冷冷地說：「你懂什麼？這是魔術呢！」

　　周志明把餅乾翻來覆去地研究：「嗯，手工很精緻，果然能以假亂真啊！」

　　胡直輕輕一擺手說：「這不過是

雕蟲小技，哪及得上我那副有心靈感應的紙牌？」

「心靈感應？」黃子祺忍不住失笑，「想不到你也挺會吹牛啊！」

胡直沒有理會他的嘲笑，不慌不忙地從背包裏掏出一副卡通紙牌，然

後一張張放在桌子上。紙牌共有十五張，每張紙牌上都印了不同的卡通圖案。

胡直隨意點選一位同學說：「馮家偉，可以請你幫個忙嗎？」

戴着圓形黑框眼鏡的馮家偉一抬

頭，猛然發現所有人都在看着自己，
頓時漲紅了臉，一個勁地擺着手想要
推辭，可是胡直已不由分説地把他拉
到桌前，興致勃勃地説：「很簡單的，

你只要隨便挑一張紙牌，然後默記在心中，看看我能不能猜出那張紙牌是什麼。」

　　待馮家偉選好紙牌後，胡直便把紙牌分成三組，然後請馮家偉指出那

張紙牌在哪一組，再把三組紙牌重新混合。

　　這樣的步驟重複了兩遍後，胡直便胸有成竹地說出答案。

　　馮家偉見他真的能猜中，不禁驚訝萬分：「你是怎麼知道的？」

　　胡直神秘地笑一笑，擺出一副魔術大師的架式說：「這是秘密，無可奉告！」

　　在旁看熱鬧的同學們也覺

得不可思議，紛紛好奇地追問：「這紙牌你是在哪兒買的？要多少錢？」

胡直得意地豎起四根指頭說：「這紙牌是在我家附近的百貨店買的，只售四十元！」

謝海詩眉頭一皺：「什麼？區區十多張紙牌居然賣得這麼貴？」

「對對對，這種裝神弄鬼的東西有什麼好？倒不如買一杯可口的冰淇淋更實

際！」吳慧珠連忙點頭。

江小柔也搖搖頭說：「的確太不划算！」

文樂心倒是很感興趣地問：「胡直，可以拜託你幫我買一副嗎？」

高立民也不甘後人地說：「兄弟，請你也幫我買一副吧！」

「好，沒問題！」胡直爽快地回答。

其他同學也爭先恐後地舉手：「我也要！我也要！」

教室剎那間一片鬧哄哄，惹得兩位鄰班的男生也跑進來問：「嗨，你們在玩什麼？」

這兩位男生，身材較高的那位是張浩生，而另一位叫許立德，都是人所共知的搗蛋鬼。

張浩生擠進人羣裏一看，便大聲嚷嚷：「哦，原來你們在偷偷玩紙牌，我要告發你們！」

胡直一本正經地更正：「錯了，這可不是普通的紙牌，而是魔術牌啊！」

許立德半信半疑地說：「什麼魔術牌？騙人的吧？」

胡直熱情地揚了揚魔術牌：「既然你不信，我便表演一次給你看，好讓你心服口服！」

胡直的一句話挑起了二人的好奇心，他們連忙走到胡直的跟前站着，其他同學當然也圍攏上去湊熱鬧，就只剩下謝海詩、江小柔和馮家偉三人不為所動。

第二章　齊來當店長

　　還有兩個星期便是農曆新年了，這天早會時，徐老師向同學宣布：「學校將於下周末舉辦一年一度的年宵慈善賣物會，請大家在幫忙媽媽大掃除之餘，把不再需要的物品整理出來義賣，幫助有需要的人。」

　　一下子，大家都非常雀躍：「嘻！又是瘋狂大購物的好時機呢！」

　　「請大家先不要太興奮。」徐老師笑着揚了揚手，示意大家安靜，

「因為你們今年已經不再是低年級學生，學校決定讓你們每班負責管理一個擺賣攤位。換而言之，今年的賣物會對你們來說，並不僅僅是一個可以盡情購物的年宵市場，而是讓你們好好學習和發揮所長的舞台。」

　　「徐老師，年宵攤位應該如何管理？」文樂心茫無頭緒。

　　徐老師笑笑說：「簡單來說，就是由你們來當小老闆，經營一個攤位呀！」

　　「聽起來很好玩嘛！」文樂心眼睛靈動地一閃。

「小辮子，這可不是遊戲，是要動腦筋的！」高立民沒好氣地搖頭。

徐老師點點頭道：「沒錯，要把攤位經營得好，其實當中包含很多學問。譬如說，你們該如何布置攤位來吸引顧客、如何把貨物的資料和價格正確無誤地記錄下來，以及同學間如何通力合作推銷貨品等等，每一項都

足以成為攤位成功與否的關鍵。」

　　高立民向文樂心昂一昂鼻頭說：
「這麼複雜的事，你一定不會吧？」

　　「誰說我不會呢？我懂得記賬
啊！」文樂心不服氣地說。

　　江小柔也搶着說：「老師，我可
以負責布置攤位！」

　　徐老師見他們這麼踴躍，微笑着

點頭：「既然如此，那
我們班的攤位，便交由
你們三位統籌吧！」

　　高立民吃了一驚，
忍不住衝口而出：「不

是吧？把任務交給文樂心，萬一被她搞砸了怎麼辦？」

「不能這樣批評同學！」徐老師瞪了高立民一眼，才轉而向同學們解釋，「我相信你們都沒有當過店主，所以誰都不見得比誰懂得多。不過，就是因為不懂，才更需要學習。在學習的過程中，難免會遇到困難或挫折，但只要你們能從中有所領悟，即使失敗又何妨？」

徐老師語氣一頓，又鼓勵地補上一句：「好好努力吧，籌得最多善款的『慈善大王』，將會有一份神秘禮

物呢！」

　聽到「禮物」二字，大家都精神一振，爭相舉手說：「老師，我們也要參加！」

徐老師滿意地笑說：「難得你們這麼齊心協力，相信這次活動一定會很成功！」

午息的時候，大家都自發地聚在一起，開始商討如何分配工作。

高立民一本正經地站在講台，端出一副統籌者的模樣說：「由於時間尚早，我們目前能做的工作其實不多，除了江小柔和文樂心可以負責攤位布

置外，我們現在最重要的是盡量搜集能賣的東西。」

胡直拍拍胸口説：「我家裏有很多寶貝，經常被媽媽嘮叨也捨不得扔掉，但為了義賣，我決定狠心割愛，把它們統統都拿出來！」

黃子祺趕緊接着説：「我也有很多呢！」

吳慧珠拍拍肚子，有點不好意思地一笑說：「我最近長胖了，許多衣服還沒來得及穿便不合身了，我能帶回來賣嗎？」

「我也可以把一些舊圖書捐出

來。」謝海詩托了托眼鏡說。

高立民見大家如此踴躍，不禁大為振奮：「可以，什麼都可以！那麼我們便齊心協力，務求能成為本年度的『慈善大王』吧！」

「真是大言不慚！」一句冷如冰的話，忽然像箭一般插進來。

是誰這麼無禮呢？大家轉頭一看，原來又是鄰班的張浩生和許立德。

看到他們那副瞧不起人的樣子，文樂心忿忿不平地反問：「你們憑什麼這麼說？」

　　張浩生倚
着教室的門，
一臉篤定地笑起來：
「你們忘了我們班的同學家境
大多都不錯嗎？每逢舉辦籌款活動，
哪一次不是由我們班牽頭的？」

　　謝海詩把雙手疊在胸前，「嘿」
的一聲說：「可惜這次不只是捐款，
而是要管理一個攤位，這可不是有財
力就行的！」

張浩生和許立德相視一笑：「那我們便拭目以待吧！」

　　張浩生這番話頓時激起了千重浪，本來並未積極參與的同學，也忍不住向他們示威地齊聲喊話：「你們儘管放馬過來！」

 第三章 誰是購物狂

　　好不容易終於等到慈善賣物會舉
行的那一天，負責攤位的同學一大早
便回到學校，摩拳擦掌地為賣物會作
最後的準備，文樂心和江小柔自然也
不例外。

　　她們為了把攤位布置得美輪美奐，特意利用家中的舊衣物及利是封，把一套十二隻的動物生肖拼湊出來。

　　它們每個都穿着設計獨特的華服，再配上維妙維肖的表情和姿態，十分惹人喜愛。

文樂心剛把它們貼到攤位的宣傳板上，便旋即引來了一大班圍觀者。

吳慧珠一見更是讚不絕口：「嘩，這些生肖的造型可愛極了！」

文樂心神氣十足地說：「當然啦，這些都是我和小柔足足花了一個星期的心血啊！」

當然啦，這些都是我和小柔足足花了一個星期的心血啊！

「把攤位裝飾得美觀固然是重要，但貨物的

種類和品質才是最關鍵吧？」黃子祺邊說邊從背包裏取出好幾款近年最流行的模型車和機械人，一臉自豪地把它們放到攤位上，「我這些都是搶手貨呢！你們看！」

文樂心指着身旁一疊衣物和玩具，氣定神閒地笑說：「我也早有準備啦！」

吳慧珠看了看自己的手挽袋，有

點依依不捨地說：「要不是為了籌款，我才捨不得把這些『心肝寶貝』賣掉呢！」

這時，謝海詩背着一個大背包走過來，氣喘噓噓地大聲喊：「請讓開

請讓開啊！

啊！我帶了十多本圖書回來，重得要命呢！」

周志明隨手拿起了攤位上的物品，感興趣地欣賞起來：「你們的東西都保持得很完好嘛，完全看不出是二手貨啊！」

「這些算得什麼？看我的！」

周志明回頭一看，只見胡直二話不說，便把一個沉甸甸的環保袋打開，將裏面的東西全部「嘩啦嘩啦」地倒到桌子上來。

那些東西除了有男生們最愛玩的各種小玩意、不同款式的機械人和模

型車外，還有球衣和運動用品，當中更不乏連包裝紙也未拆的新品呢！

他這架勢讓大家都感到很震撼：「嘩，胡直，原來你有這麼多寶貝啊！」

高立民見他這些寶貝跟全新的沒兩樣，不禁訝異地問：「你這些東西怎麼都是全新的？該不會是剛買的吧？」

胡直有點不好意思地嘻嘻一笑：「其實是因為我每次經過玩具店時，都會忍不住進去逛逛，結果不知不覺便買多了！」

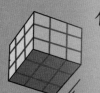

江小柔忍不住歎息説：「這實在太浪費金錢了！」

謝海詩搖搖頭説：「真沒想到原來你是個愛亂花錢的購物狂啊！」

「這些物品都是你們的嗎？」一把聲音在背後問。

有人小聲提醒：「是徐老師來了呢！」

原本吵吵嚷嚷的攤位，剎那間變得靜寂無聲。

徐老師望了望那一大堆完好如新的物品，然後回頭吩咐文樂心和江小柔説：「作為店長，你們最大的責任

就是要做一份明確的收支賬目，把所有貨品、物主和定價的資料全部清楚列明，待貨品售出以後，更要計算收益。」

　　文樂心和江小柔恭敬地答應。徐老師又回頭看了同學們一眼，然後

說：「看來你們今天最該學習的，是如何當一個精明的消費者吧？」

大家還未來得及反應，徐老師便已一臉嚴肅地吩咐：「為了讓大家明白『金錢來之不易』的道理，你們必須先把自己的物品賣光，才能到別的攤位買東西，知道嗎？」

「什麼？」早已帶備充足的零用錢，預備要瘋狂大購物的同學們，

都不禁晴天霹靂。不過，當中最可憐的，莫過於物品最多的胡直和黃子祺了。

　　「怎麼會這樣？」黃子祺和胡直都暗暗叫苦。

　　黃子祺忽然腦筋一轉，趁着徐老師還在訓話，便轉身一手抓起自己帶來的兩個機械人，想偷偷把它們放回背包裏。

　　誰知道高立民已眼明手快地阻止了他：「你要幹什麼？」

「這個機械人是我的，我不能拿走嗎？」黃子祺理直氣壯地説。

高立民嘴角一歪，壞笑地説：「從你把它放在攤位上的那一刻開始，它便已被列入攤位的貨品名單當中，你要把它拿走，就請你先付款吧！」

「什麼？豈有此理！」黃子祺被他氣瘋了，卻又無可奈何。

第四章　雙贏的局面

當一切準備就緒後，羅校長便宣布慈善賣物會正式開始。

學校大門才剛開啟，已守候多時的同學及其他親朋戚友便立刻蜂擁進場，開始搜購喜歡的東西。

為了能儘快把自己的貨品推銷出

去，同學們都各出奇謀地努力叫賣，希望可以吸引顧客的注意。

黃子祺捧着一個機械人模型，站在攤位的最前方，大聲地喊道：「大家快來看看，這款是現時最流行的型號，市面售價是二百五十元，現在只售一百元，超值大特價啊！」

胡直則站在一張木凳上，雙手高舉着一件球衣，居高臨下地高聲叫賣：「全新名牌籃球運動衣，無論款式或用料都是最優質喔！」

這時，一位身材瘦小的男生正拉着媽媽來到攤位，目光定定地盯着胡直手上的球衣，似乎很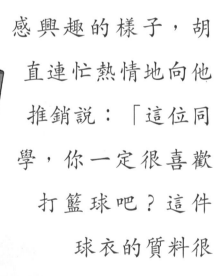感興趣的樣子，胡直連忙熱情地向他推銷説：「這位同學，你一定很喜歡打籃球吧？這件球衣的質料很

好，既清爽又吸汗，穿上它打籃球，保證能發揮出最佳水準啊！」

小男生一聽可來勁了，隨即擺出一個投籃的姿勢說：「如果我穿上它，是不是就可以像姚明那麼帥？」

坦率的胡直不願意說謊，但又不好說不，正撓着頭思考該怎麼回答，卻冷不防黃子祺忽然拿着機械人模型跑到小男生面前，討好地說：「同學，球衣不過就是一件衣服而已，又怎麼可能讓你變帥？但這個機械人模型就不一樣了，這可是限量版呢！只要你把它捧在手裏，便必定會立刻成為眾

人的焦點！」

　　小男生目光一亮，馬上接過機械人模型，興奮地連聲說：「嘩，這是去年底才推出的新款式呢！媽媽，我要買這個！」

　　眼見接近成功的買賣被黃子祺公然搶走，胡直不禁火冒三丈，忍不住衝上前跟黃子祺理論：「你怎麼能這樣搶走我的客人？」

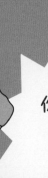

你怎麼能這樣搶走我的客人？

黃子祺不以為然地聳聳肩說：「什麼搶不搶的？這是客人自己的選擇啊！」

「你這樣太過分了！」胡直生氣地罵道。

坐在旁邊整理物品的江小柔見狀，忍不住出言勸道：「你們不要這樣，有話好說嘛！」

小男生的媽媽見他們吵起來，為免殃及池魚，趕忙放下模型，匆匆拉

55

着孩子走開了。待黃子祺發現，想要把人喊回來時，已經來不及了。

　　文樂心怪責地白了他們一眼：「吵什麼？客人都被你們嚇跑了！」

　　黃子祺狠狠地一踩腳，向胡直抱怨地吼道：「都怪你！」

胡直也不示弱地反駁：「是你自己不對在先，怪得了誰？」

謝海詩托一托眼鏡，為他們理性地分析：「你們與其兩敗俱傷，為什麼不想出一個兩全其美的方法，創造雙贏的局面呢？」

黃子祺和胡直對視了一眼，有些迷惘地問：「我們賣的貨物不同，如何能雙贏？」

　　謝海詩攤了攤手說：「很簡單，你們只要按照顧客的興趣和需要，不分彼此地把貨品推介給他們，這樣不就等於多了一個機會嗎？總比互不相讓更好吧？」

　　她的話剛說完，便恰好有兩位小男生來到攤位前。

　　胡直和黃子祺互相對望了一眼，然後各自捧着不同的物件來到他們面前。

胡直搖着手中的機械人模型說：「同學，你們快來看看，這款模型是去年的電影限量版，在市面上已經買不到了！」

「真的？」其中一位戴眼鏡的男生疑惑地問。

胡直一本正經地指着黃子祺說：「我在班裏可是出了名的老實人，不信你問他！」

「沒錯！你們也知道大家都只是為了籌款，我們為什麼騙你呢？」黃子祺趕緊揚起手上的球衣，「再不然你看看這件籃球衣，不但質料極好，

而且款式時尚，聽說連姚明也有一件同款的呢！」

胡直一臉惋惜地歎道：「這可是我的戰衣呢！若不是已經不合身，我才捨不得讓給你們！」

小男生心動了：「好吧，我就買來試試看！」

那位戴眼鏡的小男生見同伴有了收穫，心癢難耐，於是也爽快地說：「那麼我要這個機械人模型吧！」

團結果然就是力量啊！胡直

和黃子祺暗自竊喜，待小男生們一走遠，便興奮地相互擊掌道：「合作愉快！」

在另一邊，負責管理攤位的文樂心、江小柔和高立民也沒有閒着，除了打點貨物和賬目外，也同樣大力推銷貨品。

學業表現不怎麼突出的文樂心，倒是很有生意頭腦，她把自己帶回來的幾個芭比娃娃及她們的衣飾配件放在當眼的地方，讓路過的同學們隨意把玩。

結果不消片刻，她便把芭比娃娃全部售出，還順帶替小柔和海詩賣出了好幾件貨品，連高立民也不禁對她刮目相看：「唷，小辮子，沒想到你很懂得顧客心理啊！」

謝海詩也由衷佩服地說：「心心，你真厲害啊！」

文樂心摸了摸小辮子，嘻嘻一笑說：「其實我在購物前，也常常會迫不及待地想先試玩一下，所以我覺得其他人也許會像我一樣，便姑且一試，沒想到果然奏效呢！」

江小柔興奮地拍着掌：「太好了，

心心幫我們把貨品都賣光，我們可以去逛逛了！」

「好啊！」文樂心向小柔和海詩打了一個「出發」的手勢，三個女生便一起往外走。

高立民見她們全部離開崗位，不禁抱怨道：「你們怎麼能只留下我一個人啊？」

正忙着推銷貨物的胡直，指了指旁邊的黃子祺、周志明和馮家偉等人，一臉義氣地說：「放心，你不會是一個人，你還有我們一班同學啊！」

這時，高立民才安下心來，但仍然不滿地說：「這不一樣！小辮子是負責管理賬目的，她這一走，誰來管賬？」

「不如我來幫忙吧，反正我還有兩個娃娃沒賣出，走不了啊！」吳慧珠自動請纓。

有人願意幫忙，文樂心當然是求之不得，馬上把一個紫色的錢箱和賬簿交到珠珠手上，雙手合十地說：「珠珠你真好，那麼一切就拜託你了！」

謝海詩臨行前，還豪氣地一拍珠珠的肩膊說：「為了報答你的仗義，回來時我送你一款公主主題的精品！」

吳慧珠驚喜地說：「真的？謝謝海詩！」

這樣，三個女生便手牽着手地跑到別的攤位，好奇地東找找西看看，期望能從這些舊物中找到喜愛的東西。

文樂心對所有東西都感到十分好奇，只是隨便逛了幾個攤位，便已經看中了一個蝴蝶造型的水晶擺設及一雙繡着櫻花圖案的日式髮夾，只可惜她帶備的現金不足，無法兩者兼得。

她看了看櫻花髮夾，又看了看蝴蝶水晶，苦惱地撓着辮子說：「我該怎麼挑才好？」

謝海詩建議她：「既然兩者都喜歡，那就挑較便宜的那一個吧，這樣你便可以多留點錢買別的東西啊！」

文樂心覺得她說得很有道理：「好，那麼我買蝴蝶水晶吧！」

「海詩果然精明啊！」江小柔點頭讚道。

「當然，我可不會亂花錢呀！」謝海詩自信滿滿地說。

然而，當海詩來到一個有出售芭

蕾舞衣的攤位時，她終於抵受不住誘惑，不消三言兩語便決定把舞衣買下來。

結果，她們一行三人，唯獨江小柔能克制住，什麼東西也沒有買。

文樂心不禁驚訝地問：「小柔，為什麼你不買東西？眼前琳瑯滿目的商品，難道你一件也不喜歡嗎？」

江小柔笑一笑說：「當然有我喜歡的啦！不過，我家裏的玩

具、衣物及文具已經夠多了，根本沒必要再買，倒不如把錢存起來，留待更需要的時候再用。」

「呵呵，原來小柔才是最精明的消費者呢！」文樂心笑着誇讚。

第六章 錢箱不見了

　　自從文樂心、江小柔和謝海詩離開後，便只有吳慧珠及高立民守在攤位內，但購物的人潮卻逐漸多起來，令兩人忙不過來。幸好有胡直、黃子祺、周志明和馮家偉等男生們從旁協助，銷情越來越好，貨品很快便所剩無幾了。

　　過了好一陣子，文樂心、江小柔和

謝海詩終於捧着她們的「戰利品」，笑盈盈地回來了。

吳慧珠一見到她們，便迫不及待地迎了上前，滿懷期待地問：「你們買了哪些好東西？快給我看看！」

文樂心雙手捧起她的那座蝴蝶水晶，樂滋滋地向大家展示：「你們看，這座水晶擺設好看嗎？」

攤位上的射燈恰好照在水晶座上，令蝴蝶的那雙翅膀折射出彩虹似的光芒，看得吳慧珠很羨慕：「嘩，那雙七彩的翅膀一眨一眨的，好像要隨時振翅高飛的樣子呢！」

謝海詩適時地跨步上前，從口袋中掏出一個白雪公主造型的小布袋，在吳慧珠眼前一晃，得意地笑說：「看看我們給你買了什麼？」

「哇，是白雪公主小布袋呢！謝謝你們啊！」吳慧珠頓時眉開眼笑。

文樂心和江小柔見她這麼高興，便開玩笑地問道：「禮物我們已經送了，那麼你有沒有替我們好好看管攤位啊？」

「當然有啦！」吳慧珠笑着歪一歪頭，一臉傲然地說：「我們還賣出了很多貨品，籌了很多善款，說不定

連鄰班的張浩生也要自歎不如呢!」

「真的假的?」文樂心、江小柔和謝海詩有些不敢相信。

「當然是真的!」吳慧珠一邊說,一邊伸手進桌下的抽屜,想取出錢箱來向她們炫耀一番,沒想到卻摸了個空。

她心裏一驚，「咦，錢箱呢？怎麼不見了？」

大家大吃一驚，慌忙連聲問：「錢箱是什麼樣子的？」

文樂心馬上放下蝴蝶水晶，着急地一邊找，一邊向大家描述着說：「錢箱是一個跟餐盒差不多大小的紫色膠盒子，上面印滿黃色的小星

星，左上角還有一個握着魔術棒的小天使呢！」

大家合力把攤位內所有的東西都掀起來，然而即使他們把整個攤位弄得天翻地覆，也依然找不到錢箱的蹤影。

高立民生氣地瞪着吳慧珠說：「珠珠，你怎麼搞的？錢箱不是一直由你保管嗎？」

「我也不知道為什麼，我一直都沒有離開過啊！」吳慧珠心慌意亂地撓着頭髮。

「我不管，總之是你弄丟的，你就要負責！」高立民忿忿地說。

吳慧珠被他這麼一罵，不禁嘴

巴一扁，委屈的淚水在眼眶內滾來滾去。

　　文樂心見珠珠嚇得臉都白了，連忙上前替她解圍道：「高立民，你先別怪珠珠嘛，也許她只是不小心放錯地方而已，我們再找找看吧！」

高立民一聽到這些話就更生氣了，轉而把怒火撒到文樂心的頭上：「都是你，要不是你不負責任地擅離職守，事情便不會發生了！」

雖然文樂心也覺得自己要為事件負上部分責任，但猛然被高立民當眾指責，也不免委屈得紅了眼睛：「我只是想買點東西，沒想到會這樣的嘛！」

江小柔也馬上幫忙解釋：「其實我們也只是離開一會兒罷了，誰也想不到會發生這樣的事啊！」

在旁的胡直拍一拍高立民的肩

膊，好言勸說：「兄弟，先別追究了，儘快把錢箱找回來才是當務之急啊！」

吳慧珠抽了抽鼻子，沮喪地說：「可是，攤位都已經被我們翻遍了，還能到哪兒找呢？」

沉默了大半天的謝海詩忽然開口說：「其實你們有沒有想過，也許錢箱是被別人偷走了？」

大家都驚訝得張大了嘴巴：「不會吧？誰會有這麼大的膽子啊？」

第七章　我不是小偷

　　霎時間，除了剛回來的文樂心、江小柔和謝海詩可以去除嫌疑外，所有在攤位內幫忙的同學們都變成了嫌疑人。

　　攤位內的氛圍驟然變得十分詭異，大家都默不作聲，卻不約而同地在暗中審視着身邊的每一位同學，企

圖從別人臉部的微細表情當中，找出什麼蛛絲馬跡。

然而，他們既不是大偵探，又不是心理醫生，哪兒懂得判斷？於是你看看我，我看看你，越看便越覺得每個人都很可疑。大家都噤若寒蟬，唯恐自己的一言一行會令自己成為被懷疑的對象。

就在這時，周志明忽然望着黃子

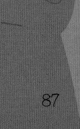

祺，半認真半開玩笑地說：「黃子祺，你今天的收穫特別豐富喔，應該花了不少錢吧？」

這句話本來很平常，但周志明在此時此刻問出口，便難免會令人覺得他這句話是帶有弦外之音。因此，所有人都把焦點落在黃子祺身上。

被別人懷疑的滋味可不好受，黃子祺頓時大為氣惱：「你這是在懷疑我嗎？如果你沒有證據，便不能隨便冤枉人！況且，錢箱是豬豬弄丟的，

你們不是應該先懷疑她嗎？説不定是
她自己偷走了呢！」

　　黃子祺越説越氣，乾脆把自己的
背包往桌上一扔，賭氣
地説：「如果你們不信，
大可隨便搜搜看！」
　　「不是我，我
沒有！我沒有！」
吳慧珠聽到黃子

祺這麼說，心裏更是難堪，但又不敢多言，只好在旁默默流淚。

謝海詩替她抱打不平：「珠珠雖然有錯，但你也不能把小偷的罪名加在她身上啊！」

「她是清白的，那麼難道我就像小偷嗎？」黃子祺一臉忿忿不平。

高立民連忙跑上前勸解：「你先別生氣，我們沒有說誰是小偷，我們只是想從多方面去思考，希望可以把錢箱找回來而已。」

周志明也趕緊澄清：「你誤會啦，我並沒有要把你當小偷的意思啊！」

聽到他們的話，黃子祺才略為消氣，但仍然不滿地抵嘴說：「無論如何，你們也不能隨便亂說嘛！」

　　偏巧這時，徐老師來到攤位巡視，見他們鬧得不可開交，就上前查問：「怎麼了？發生了

什麼事嗎？」

　　既然老師已經發現他們在爭吵，身為攤位負責人之一的文樂心只好如實匯報：「徐老師，我們剛發現攤位的錢箱不見了。」

　　「什麼？怎麼會這樣？」徐老師大吃一驚。

　　當徐老師從同學口中得知了事情的大概後，沉默地思考了片刻，然後才一臉嚴肅地向大家說：「錢箱去向不明，我們除了繼續搜尋攤位的每一個角落外，也要調查它是否被盜了。不過，由於暫時並未發現任何可

疑人物，為了公平起見，請每位同學都把自己的背包拿出來，讓我輪流檢查。」

徐老師一聲令下，同學們當然不敢再有異議，只好老老實實地把自己的背包打開，讓徐老師查看。

正當徐老師想開始搜查時，忽然有人走過來，怯生生地對她說：「對不起，徐老師，錢箱其實是我拿走了。」

同學們馬上循聲望去，當他們看到小偷的盧山真面目時，都不禁呆住了。

第八章 真相的背後

「怎麼竟然會是他啊？」

當大家發現偷走錢箱的人，竟然是向來最文靜乖巧的馮家偉時，都感到有些難以置信，紛紛交頭接耳地議論起來。

就連徐老師也一臉驚訝地問：「馮家偉，你為什麼要這麼做？」

性格本來就較內斂的馮家偉，這時更是慚愧得無地自容，把頭垂到下巴的位置，結結巴巴地說：「徐老師，很……很對不起，但我真的不是

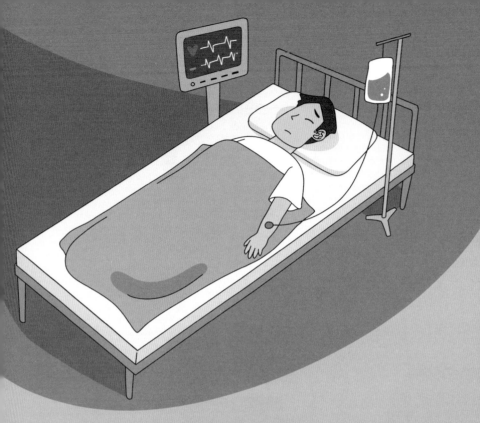

故意的！爸爸前陣子忽然昏倒在家，
醫生說是心臟血管栓塞，必須儘快動
手術，可是當中所需的手術費非常昂
貴，我們根本無法負擔。」

「對不起徐老師，我知道這樣做

是錯的，可是當我看見媽媽為了籌手術費而每天到處奔波的樣子，便很想幫她一把⋯⋯」說到這裏，他便忍不住失聲哭了起來。

　　徐老師得知這件事後也很為他着急，趕忙提議說：「如果是經濟問題，你們可以向政府申請醫療費用減免啊！」

馮家偉搖搖頭說：「媽媽說我們並非低收入家庭，只可惜平日開支太大，沒有存下多少積蓄，所以一時間無法拿出一大筆錢來。」

　　「原來是這樣。」徐老師同情地點點頭，但仍然保持嚴肅的樣子，「我能理解你的苦衷，但無論如何，我們也不能竊取別人的東西，這是十分嚴重的違法行為，你知道嗎？」

　　馮家偉的臉色剎那間變得更蒼白了，趕緊連聲向徐老師道歉說：「徐老師，對不起，我知錯了，請您原諒我好嗎？」

徐老師欣慰地點點頭說：「我念在你是出於一片孝心，一時情急才犯下大錯，我可以從寬處理，但我必須跟你的媽媽好好談一談。」

徐老師剛離開，同學們立刻一擁而上地圍着馮家偉，既同情又好奇地問東問西。

　　文樂心友好地上前安慰他：「馮家偉，你別擔心，馮叔叔一定會沒事的！」

　　高立民拍了拍他的肩膊說：「其

實心臟栓塞也沒什麼可怕的，我有一位叔叔也曾經患上了這個病，但他做完手術後很快便康復了，現在仍然壯健如牛呢！」

黃子祺也忍不住插嘴：「沒錯，一定不會有事的！」

「如果你擔心手術費不夠的話，我這兒有些零用錢，你先拿去用吧！」江小柔把自己今天一直捨不得花費的零用錢，慷慨地全數交給馮家偉。

馮家偉一臉不好意思地說：「這樣不好吧？我只是個小學生，沒有能力賺錢，家裏又是這樣的情況，我不知道什麼時候才能還給你。」

江小柔毫不猶疑地說：「這是捐款，不用還的！」

「這樣更不行了，我怎麼能要你的錢呢？」馮家偉立刻搖搖頭。

「為什麼不行？我們今天來這兒的目的，不正是為了把錢捐給有需要的人嗎？既然你有需要，那麼我就把錢捐給你好了！」江小柔把話說得頭頭是道，令馮家偉無法拒絕。

「沒錯，小柔說得對！」文樂心連聲附和，並且坐言起行，即時將自己買東西時剩下的那些錢交到馮家偉手上，還一臉尷尬地摸着小辮子，「我剛才買了東西，現在就只剩下這麼一點點，希望你別介意。」

江小柔得意地向文樂心打了一個眼色，彷彿是在說：「看到了吧？錢

就是應該留待有需要的時候用的。」

其他同學也毫不猶疑地把身上的零用錢，統統交到馮家偉手裏。

馮家偉被大家的熱心感動得哭了起來，一邊抹着眼淚，一邊說：「謝謝你們，你們都是我的好同學！」

第九章 真正的慈善大王

　　太陽漸漸西沉，年宵慈善賣物會也圓滿地結束了，負責管理攤位的同學們都開始點算賬目，每個人都期盼着自己的班級能脫穎而出，成為「慈善大王」。

　　當文樂心把一整天的總收入結算出來後，忍不住驚喜地大喊：「哇，原來今天我們總共籌得一萬二千多元呢！」

　　「什麼？我們這些舊物居然能值一萬多元？」黃子祺驚訝不已。

胡直眨了眨眼睛問：「那麼，請問我的那些寶貝，總共籌得多少錢呢？」

文樂心算了算說：「大概是一千多元吧！」

就在這時，鄰班的張浩生大模大樣地走過來，剛好聽到文樂心這一句，立刻一臉自滿地嘲笑說：「不是吧？你們全班總動員賣力推銷，結果就只籌得一千多元？我們班籌得九千多元呢！看來「慈善大王」的寶座非我們莫屬了！」

黃子祺朝張浩生翻了個大白眼

說：「你錯了，我們籌得的善款是一萬二千多元，而並非一千多元啊！」

張浩生不相信地說：「別吹牛了，你騙不了人的！」

黃子祺一臉無所謂地聳了聳肩：「隨你信不信，反正結果早晚也會公布。」

「好呀，我們便等着看吧！」張浩生見他擺出一副勝利者的氣勢，不像是在虛張聲勢的樣子，只好不服氣地走開了。

張浩生才剛走，謝海詩便興奮地歡呼一聲說：「他們向來都是籌款冠軍，也不過籌得九千多元，看來我們贏定了！」

「太好了，我們可以得到神秘禮物了！」江小柔高興地拍掌。

吳慧珠更是滿心期待地幻想着：「如果神秘禮物是一盒應節的賀年糖果也不錯啊！」

「你就只知道吃！」高立民沒好氣地説。

不一會兒，徐老師來了，大家迫不及待地向她報喜，徐老師知道後也很高興：「很好，這是你們一起努力的成果！不過，善款的多少其實並不是太重要，最重要的是你們能從中學到一點東西。」

文樂心搶先説：「徐老師，我已經學會記賬了！」

江小柔也趕緊接着説：「我也學會如何設計和布置攤位呢！」

徐老師笑着點頭：「嗯，很好

啊！」

　　這時，胡直忽然舉手說：「徐老師，我的舊物賣掉後總共籌得一千多元。我想把這些善款捐給馮家偉，可以嗎？」

其他同學一聽，都紛紛拍掌稱好：「好主意啊！」

　　徐老師見同學之間能這麼友愛，心裏也很欣慰，但她不得不提醒道：「我很欣賞大家懂得關懷同學，但你們必須先考慮清楚。這次我們籌得的善款數目不少，能成為『慈善大王』的機會極大，如果你們要把善款轉為捐給馮家偉，便等於自動放棄這個獎項。這樣的話，你們是否仍然願意？」

　　高立民不假思索地說：「如果連自己的同學也幫不了，我們也沒臉當

什麼『慈善大王』啦！」

「沒錯！我們能幫助馮家偉渡過難關，才真正配稱為『慈善大王』嘛！」大家異口同聲地說。

徐老師欣賞地連連點頭：「你們能有捨己為人的精神，身為班主任的我很為你們感到驕傲。不過，由於這次慈善籌款早已設定受助單位，我要先跟羅校長商量一下，看看能否酌情處理。」

第十章 最高機密

等待，永遠是最難熬的事情。

隔天回到學校後，大家的心情都特別緊張，馮家偉更是有些忐忑，一直雙拳緊握地待在座位上，眼睛牢牢地盯著前方的掛鐘，一分一秒地數算著。

好不容易等到上課鈴聲響起，徐老師終於跨步進來，所有人都以無比

期待的眼神看着她。

　　徐老師卻似乎要刻意賣關子，只微笑着往同學的臉上看，直至把一張張代表着純真與活力的臉孔都看了一回後，才緩緩地說：「我已經把你們的意願告訴了羅校長，羅校長也被你們同學間的友愛之情所感動。所以，他除了讓你們如願地把

籌得的款項轉贈給馮家偉家人外，也同時向全校教職員募集了一筆善款，以解馮家的燃眉之急。」

馮家偉得知爸爸的手術費有望，頓時欣喜若狂，激動地站起身向大家

道謝：「謝謝大家的大力幫忙。」

　　然而，他這一聲「謝謝」，瞬即便被一陣轟然的歡呼聲所掩蓋。

　　同學們都雀躍地歡呼喝采，每個人的臉上都綻放出發自內心的、愉悅的笑容，這個笑容甚至比起當事人馮家偉，還來得更燦爛耀目。

　　午飯時，鄰班的張浩生又再倚着教室的門框，趾高氣昂地向他們大聲喊：「嗨，賣物會當天你們不是聲稱已籌得一萬多元嗎？為什麼現在連排行榜也擠不上？難道你們的善款懂得隱身術？」

高立民、文樂心和江小柔等人都懶得搭理他，繼續低頭用膳，完全沒有要回嘴的意思，只有黃子祺忍不住輕哼一聲道：「我們才不屑跟你們比，我們有更具意義的事要做呢！」

　　張浩生嗤聲一笑說：「是嗎？有什麼事會比籌款更有意義？」

看着他這副囂張的嘴臉，黃子祺不禁氣憤，恨不得立刻把事情的來龍去脈說出來：「我告訴你，我們是為了⋯⋯」

　　黃子祺的話還未出口，謝海詩已冷冷地搶先回話：「這是我們班的最高機密，不能向外人透露！」

張浩生當然不相信他們有什麼機密，只冷笑一聲說：「輸就輸嘛，又不是什麼丟人的事，為什麼偏不肯承認？」

如果換了平日，大家必定按捺不住要跑上前跟他爭辯個沒完沒了，但這時心情大好的他們，根本沒把張浩生的話當作一回事。

望着張浩生一臉沒趣地離去的背影，高立民、文樂心和江小柔悄悄地交換了一個會心的微笑。

 第十一章 儲蓄大作戰

一個月後，在某天的午膳時間，當大家各自安坐在座位上用膳時，徐老師和馮家偉忽然一起走了進來，馮

家偉手上還捧着一個大竹籃。

　　大竹籃的手挽上束着一個橙黃色的大蝴蝶結，籃子內滿滿的全都是色彩繽紛的復活蛋巧克力。

　　剎那間，大家都被眼前這些艷麗的復活蛋吸引住了，吳慧珠更是目不轉睛地盯着籃子裏的復活蛋，絲毫也沒有要掩飾自己饞嘴的本色。

　　徐老師望着同學們一副躍躍欲試
的樣子，朝他們微微一笑說：「你們
不用急，這些都是馮家偉的父母為了
答謝大家而專誠送來的復活節禮物，
每位同學都有份喔！」

　　大家立刻歡呼：「哇，馮叔叔萬
歲，馮家偉萬歲！」

　　一直默默地站在徐老師身旁的馮家偉，從竹籃裏取出一封信，有點害羞地説：「各位同學，我爸爸雖然還在家中休養，但為了感謝大家，他親筆寫了這封信，並囑咐我一定要親自讀給大家聽。」

　　馮家偉緩緩地打開信件，開始大

聲朗讀起來。

親愛的老師和同學：

　　你們好！

　　全憑大家鼎力捐助，我的心臟手術相當成功，經過一個月的調養，如今已大致康復了。

　　經過這件事後，我除了明白到健康的寶貴外，也深深體會到未雨綢繆和積穀防饑的重要，所以我決定以後要避免一些不必要的開支，養成儲蓄的習慣。各位同學，你們也要引以為鑑啊！

　　為了感謝你們的善良及慷慨，謹此送上應節的復活蛋，略表心意。

　　祝

復活節愉快

馮家偉爸爸

　　同學們早就對眼前這籃七彩奪目的復活蛋虎視眈眈，馮家偉剛讀完信，大家便迫不及待地跑到老師桌前，一個接着一個去取禮物。

　　復活蛋到手後，文樂心若有所思

地盯着那些豔麗的圖案，滿懷感慨地說：「原來那些被我們視為廢物的物品，在別人眼中卻是珍寶，可以換來那麼多錢。」

胡直也一臉驚奇地說：「更令人意想不到的是，這些錢竟然足以救人一命，真是神奇極了！」

謝海詩白他們一眼說：「嘿

嘿，你們終於知道自己過往是多麼奢侈了吧？」

文樂心慚愧地伸了伸舌頭，然後舉起手作立誓狀：「從今以後，我購物前一定會考慮清楚，不會再貪圖一時的快樂，而胡亂花費了！」

「好！」胡直也下定決心地點點頭，「我也要像馮家偉爸爸一樣，減少開支，把零用錢存起來！」

高立民立刻拍一拍他的肩

膀：「為了支持你，我決定陪你一起儲蓄，有福同享，有禍同當！」

「好，果然是好兄弟！」胡直高興地說。

江小柔眼珠伶俐地一轉，提議說：「不如我們來一個『儲蓄大作戰』好嗎？」

「如何大作戰？」文樂心好奇地問。

「我們每個人都把一定的零用錢存起來，然後每三個月結算一次，看誰能堅持到最後，好不好？」江小柔興致勃勃地說。

吳慧珠有些不情不願地說：「那麼，以後我豈不是吃不到心愛的零食了嗎？」

江小柔笑道：「怎麼會呢？儲蓄的意思，並非要你一分錢也不能花，而是把部分的零用錢省下來罷了！」

胡直立刻拍掌和議：「這個主意

不錯，我們還可以比拼誰的積蓄最多呢！」

高立民搖搖頭說：「每個同學的零用錢數目都不同，如果只比拼數字多少，似乎不太公平啊！」

「這樣吧，」謝海詩建議，「我們可以先各自定下一個儲蓄目標，每個人的數目可以不同，但必須不少於零用錢總數的三分之一，並以三個月為期，如果到時未能達標的人便算輸，好嗎？」

同學們一致舉手贊成：「好啊，一言為定！」

一晃眼間，以三個月為期的「儲蓄大作戰」已經到期了，而戰果就是，幾乎所有同學都能按照規定完成自己的儲蓄目標，真是皆大歡喜。

大家看着被自己餵得飽滿的錢箱，都覺得特別有成就感，而發起這次活動的江小柔，當然更是滿心的感動。

這天放學後，住在同區的文樂心、江小柔、高立民和胡直一行四人，如常地沿着行人路直往回家的方向走，當經過胡直最愛逛的那間百貨店時，只見店子門前擠着一大羣人。

天天百貨店

文樂心見百貨店被擠得水洩不通，不禁疑惑地問：「到底發生什麼事了？」

　　觀察入微的江小柔抬頭一望，馬上恍然大悟地往上面指一指説：「是清貨大減價呢！」

大家抬頭一看，只見門楣上方果然懸着一幅印着大減價的宣傳橫額。

胡直停下來，從櫥窗外面往店內窺探，只見那些平日售價高昂的機械人、模型車等玩具，現在竟然全部僅以半價發售，忍不住驚歎一聲說：「哇，實在太便宜了！」

高立民見胡直目不轉睛地盯着那些玩具，有些心領神會地點點頭：「想

去就去吧，反正第一期的『儲蓄大作戰』才剛完結，也該是時候給自己一個獎勵了！」

「好啊！」胡直驚喜地應了一聲，便不管不顧地向着洶湧的人潮走去。

「胡直，等等我們啊！」其他人當然也不想錯過，只好急急緊隨其後。

當大家好不容易擠進店裏時，胡直已經一馬當先地來到放着機械人和模型車的貨架前，把它們拿起來把玩一番，露出一副愛不釋手的樣子。

謝海詩搖頭歎息：「他真是『江山易改，本性難移』啊！」

139

然而，正當大家都以為胡直會來個瘋狂大購物時，他卻出其不意地把手上的玩具全放回原處，然後大步地向着售賣男士用品的貨架走去。

　　高立民有些奇怪地問：「你不是要買機械人嗎？」

　　「機械人的款式不計其數，我哪能買得完呢？看看也就罷了！」胡直一臉無所謂地笑笑。「不過，爸爸的生日快到了，我記得這間百貨店的男

裝圍巾很不錯的，既然現在大減價，我當然不能錯過啦！」

文樂心很感意外：「沒想到你也懂得精打細算啊！」

江小柔高興地拍手笑說：「太好了，胡直終於由一個購物狂，搖身一變成為理財專家了！」

胡直被她們誇得有點飄飄然，連忙擺手地說：「我可不懂理財，

我只是想以最優惠的價錢，買到自己最需要的東西，節省不必要的開支而已。」

高立民笑着豎起大拇指：「這就是理財之道嘛！」

「這麼簡單？」胡直驚訝地問。

江小柔笑着點點頭：「其實只要我們願意，大家都可以是理財專家啊！」

鬥嘴一班
理財實習生

作　　者：卓瑩
插　　圖：步葵
責任編輯：葉楚溶
美術設計：李成宇
出　　版：新雅文化事業有限公司
　　　　　香港英皇道 499 號北角工業大廈 18 樓
　　　　　電話：(852) 2138 7998
　　　　　傳真：(852) 2597 4003
　　　　　網址：http://www.sunya.com.hk
　　　　　電郵：marketing@sunya.com.hk
發　　行：香港聯合書刊物流有限公司
　　　　　香港荃灣德士古道 220-248 號荃灣工業中心 16 樓
　　　　　電話：(852) 2150 2100
　　　　　傳真：(852) 2407 3062
　　　　　電郵：info@suplogistics.com.hk
印　　刷：中華商務彩色印刷有限公司
　　　　　香港新界大埔汀麗路 36 號
版　　次：二〇一八年七月初版
　　　　　二〇二一年六月第四次印刷

ISBN: 978-962-08-7103-0

成長大踏步

初小學生
適讀

助孩子建立正面價值觀

1 堅毅

2 責任感

3 身分認同

4 關愛

- 由著名兒童文學作家及資深教育家何巧嬋用心創作。

- 每冊以教育局建議小學生需要培育的主要價值觀為主題，培養孩子品德情意。

- 圖文並茂，語言程度和文字量適中，適合初小學生閱讀。

- 故事圍繞小朋友生活，能引起孩子的閱讀興趣和共鳴。